평범하지만, 그래도
나는 나를 사랑합니다

평범하지만, 그래도

나는 나를 사랑합니다

윤용기 지음 ㅣ 이선영 그림

좋은땅

프롤로그

솔직히 말해서 나는 내가 좋다.
나를 사랑하고 자랑스러워하니까!

세상이 때로는 나를 호구로 생각하고, 때로는 지치고 힘들게 만들고, 때로는 실패와 좌절을 주지만, 내 자신이 나를 사랑한다면 현재의 어려움과 고난은 언젠가는 즐거움과 행복으로 바뀔 것임을 압니다.

나는 실패도 하고 좌절도 하며, 때로는 부모님 탓과 남 탓도 하면서 살아가고 있는 평범한 사람입니다. 그렇기에 나는 힘들어하고 외로워하면서도 또다시 일어나고 용기를 내어 살고 있는지도 모르겠습니다. 그러는 사이 나는 좀 더 단단해지고 보다 더 아름다운 사람이 될 것입니다.

나는 어떤 삶을 살더라도, 즐겁고 행복할 권리가 있습니다. 솔직히 말해서 내가 내 자신을 온전히 사랑한다면 내 삶은 행복하고 즐거울 것입니다. 나는 다른 사람에게 나를 맞추며 살 필요도 없고, 친구가 없다고 해도 걱정하지 않습니다. 나는 현재의 나 자신이기에 나의 길을 가고 나답게 살면 됩니다. 내가 지금의 나인 것이 자랑스럽고 좋기 때문입니다. 그래서 포기하거나 무너질 이유가 없습니다. 나의 인생에는 더 많은 희망과 행복이 남아있으니까요!

나의 행복과 즐거움을 방해하는 가장 큰 것은 내 자신을 사랑하지 않아서일 것 같습니다. 어쩌면 아무 가진 것도 없고, 힘도 없고 용기도 없는 나약할 수 있는 평범한 나지만, 내 속에는 누가 뭐라고 할 수 없는 힘과 잠재력 그리고 행복이 숨어 있습니다. 그렇기에 가장 먼저 나를 사랑하는 법을 알아야 할 것 같습니다. 그러니 포기하지 말고 기다리면서 내 존재를 아름답게 만든다면 행복과 즐거움은 나와 함께할 것입니다. 나를 사랑하면 타인으로부터 자유로워지고 나의 행복한 미래도 만들어 갈 수 있습니다. 남에게 의지하고 남이 만들어 주는 것이 아닌 내가 만드는 나의 행복을 함께 나누고 즐길 수 있습니다. 나는 나를 사랑합니다. 누가 뭐라고 해도….

목차

2부 나는 타인으로부터 자유롭습니다

3부 나는 풍요로운 내일을 준비합니다

1부

나는 나를
사랑합니다

비록 너는 평범할 수 있지만,
세상엔 단 하나밖에 존재하지 않아!
세상 어디에도 너보다 찬란하고 특별한 사람은 없어.
아름다운 너를 들여다보면 좋겠어.

나는 나를 사랑합니다

이 세상에서 가장 귀하고 가치 있는 것들이 참 많습니다. 그렇지만 그 중심에는 늘 나라는 존재가 있습니다. 모든 생각과 행동, 관계도 나에게서 출발하니 말입니다. 그래서 나는 어쩌면 가장 평범하지만 가장 특별한 사람입니다. 나는 나를 사랑합니다.

나는
때로는 실수를 하고,
때로는 실패를 하고,
때로는 좌절을 하지만, 나는 나를 사랑합니다.

나는
때로는 희망을 품고,
때로는 용기를 내고,
때로는 도전도 하는, 나를 나는 사랑합니다.

나는 실수도 할 수 있고, 실패도 할 수 있습니다.
그렇지만 그것은 내가 못나고 약해서가 아닙니다.

내 나름의 최선과 노력을 하고 있으니까요.

나는 실수를 통해서, 실패를 통해서 경험을 하고,
나는 배우고 성장하면서 나의 경험 가치를 높이기에 좌절하지 않습니다.

나는 무엇이든 할 수 있고,
나는 어떤 거든 도전할 수 있습니다.
나는 나를 통해 배우고, 사랑하고, 성공할 수 있습니다.

나는 나를 사랑합니다.
현재에 존재하고 무엇이든 할 수 있으니까요.

나에게 고맙다고 말합니다.
나를 사랑할 수 있어서 말입니다.

나는 뻔뻔하게 살 겁니다

내 주변의 뻔뻔한 사람들을 보면
가끔은 나는 약간의 시기와 부러움을 느낍니다.

그런 뻔뻔한 사람들이
자기 일을 당당하게 하는 모습을 보기 때문입니다.

사람들은 소심한 마음에
남의 부탁이나 요청을 쉽게 거절하지 못합니다.

싫으면서도, 옳지 않다고 생각하면서도
가끔 부탁을 받아들입니다.

거절이란 것도 하다 보면 잘할 수 있습니다.
어려운 부탁, 잘못된 부탁
나를 곤란하고 신경 쓰이게 하는 부탁들은
이제는 과감하게 거절할 때입니다.

가끔은 나를 위한 내 시간을 위해
좀 더 이기적인 사람이 되기로 했습니다.
좀 더 개인적인 사람이 되기로 했습니다.
때로는 그런 이기심과 개인주의가 필요합니다.

이제는 좀 더 뻔뻔해지고
부탁이나 거절도 부드럽게 할 수 있는
그런 나 자신이 뿌듯합니다.

나는 이렇게 좀 더 뻔뻔하게 살기로 했습니다.

나는 행복합니다, 나는 풍요롭습니다

아침마다 혼잣말을 합니다.
나는 행복합니다. 나는 풍요롭습니다라고….

내게 없는 것들을 찾아 헤매기보다는,
내게 없는 것들을 더 욕심 내기보다는,
내가 현재 가진 것들이 무엇인지 찾아봅니다.

내가 현재 존재하고 있어 행복합니다.
내가 현재 사랑하는 사람이 있어 행복합니다.
나는 현재 누군가를 걱정할 수 있어 행복합니다.
내가 지금 누군가에게 힘이 될 수 있어 행복합니다.

지금 밥을 먹고, 쉴 수 있어 풍요롭습니다.
옷도 입고, 걸어 다닐 수 있어 풍요롭습니다.
햇볕을 쬐고 바람을 맞고, 시원한 공기가 있어 풍요롭습니다.
나를 걱정하고 내 생일을 챙겨 주는 사람이 있어 풍요롭습니다.

어쩌면 지금의 나는
행복하고 풍요로운 사람입니다.

내가 힘들고 지칠 때 나를 쉬게 하고 위로하는 사람이 있습니다.
내가 외롭고 힘들 때 부를 노래가 있고 볼 수 있는 영화가 있습니다.
내가 보고 싶어 하는 사람이 있고 전화할 수 있습니다.
나도 가끔 잊어버리는 내 생일을 챙겨 주는 가족과 친구가 있습니다.

행복은 멀리 있지 않음을 다시 생각합니다.
늘 행복은 이렇게 우리 가까이에 있었습니다.
내가 행복할 수 있다는 것은 내가 풍요롭다는 것입니다.

아주 크고 대단한 것만이 행복은 아닌 것 같습니다.
아주 작고 사소한 것이지만 나를 풍요롭게 하는 것, 그것도 행복인 것
같습니다.

지금 내 가까이를 한번 둘러보는 것은 어떨까요?
이미 많은 행복들이 내가 받아 가기만을 바라고 있을 수도 있으니까요!
그냥 공짜로 받아들이자구요. 그 행복들을.

나를 사랑하고 아끼는 사람이 단 한 명이라도 있다면,
나는 아마 세상에서 가장 행복하고 풍요로운 사람입니다.

오늘도 혼잣말을 합니다.
나는 행복합니다. 나는 풍요롭습니다라고….

내 삶은 아직도 전체가 아니라 여전히 부분이다

내 삶이 지금쯤은 전체가 되었을 것이라 생각했습니다. 완전체 말이죠!

타인의 말과 행동에 흔들리지 않고,

하나의 일에 일희일비하지 않고,

나와의 약속을 묵묵히 실천하면서 가고 있는,

그렇게 하나인 전체라 생각했습니다.

내 삶의 가치관은 확실하고,

내 말과 행동은 거짓 없이 진실되며,

내 삶을 내가 주인공으로서 살아가는 그런 전체로서의 그림.

오늘 깨달았습니다.

내 삶은 아직도 전체가 아니라 여전히 부분임을….

아직도 배워야 할 것이, 알아 가야 할 것이 많습니다.

내 삶이 전체라는 것은

계속해서 배우고 알아 가고 실천하는 것인 것 같습니다.

그래서 부분이라는 것을 부끄러워하지는 않습니다.
부분은 전체를 채워 가는 과정이니까요.

내 삶이 아직도 전체가 아니라 부분임이
나를 더 즐겁고 행복하게 만듭니다.
부분으로 전체를 채워 갈 수 있으니까요.
그것이 진정한 어른이 된다는 것이니까요.

어떻게든 되겠지요

가끔은
너무 많은 고민과 생각들은 접어 둡시다.
고민은 고민을 낳고
생각은 생각의 꼬리를 또 물어 나를 놓지 않기 때문이죠.

가끔은
어떻게든 되겠지 하면서 고민과 생각을 제쳐 둡시다.
우리 뜻대로 우리 계획대로
모두 다 되는 것이 얼마나 될까요?

이런 고민과 저런 생각으로
나 자신을 괴롭히거나 절망하지 맙시다.
그것이 일이든, 공부든, 연애든, 돈이든, 인연이든 말이죠.

어떻게든 되겠지요!

부정적이면 더 부정적이 되고
긍정적이면 더 긍정적이 된다고 합니다.

그냥 내가 하고 있는 것. 해야 할 것을 먼저 해 봅시다.
어떻게든 될 거야! 하면서
그냥 현재의 내가 하고 싶은 것. 하고 있는 것을 합시다.

이제부터 홀가분하게 살기

회사서는 늘 회사 일
집에서는 늘 가족 일
혼자서는 늘 나의 일
그렇게 늘 생각하고 늘 고민만 한다.

이런저런 일에 간섭을 하고
이런저런 일에 걱정을 하고
이런저런 일에 신경을 쓰고
그렇게 늘 뭔가에 매달려 산다.

생각의 90%가 쓸데없는 것이고
걱정의 90%가 일어나지 않는데도 말이다.

나에게 필요한 것과 불필요한 것에 대한 선택,
나에게 최선인 것과 최악이 될 것에 대한 선택
선택에 있어서의 현명함을 놓친다.

남의 일에 신경 쓰지 않고, 간섭하지 않고
다른 사람의 생각과 소리에 얽매이지 않고
불필요한 것들에 욕심을 내지 않고, 원하지 않고
내 마음이 편한 대로 단순하게 살아가기.

내 마음과 내 심장은 이미 내가 원하는 것을 알고 있다.
그것에 귀를 기울이며 살기.
그런 용기가 나를 이제부터 홀가분하게 살게 한다.
내 마음과 영혼이 더욱 아름다워질 듯하다.

함부로 삶을 말하지 말라

삶은 즐겁고 행복할 수도 있고
또한 힘들고 어려울 수도 있습니다.

우리의 삶은
희로애락이 늘 함께하는 것입니다.

그렇기에 함부로 삶을 말할 필요는 없습니다.

이 삶은 실패한 것이라고 단정하지도
이 삶은 완전 끝난 것이라고 포기할 필요도 없습니다.

더구나 내 삶이 아닌 남의 삶에 대해서는
더욱더, 함부로 말할 필요는 없습니다.

아무도 남의 삶을 판단할 권리는 없습니다.
내 삶도 모르는데 남의 삶을 어떻게 아나요?

남의 삶을 말하기 이전에
내 삶을 더 객관적으로 바라보는 것이 좋겠습니다.

내 삶도 함부로 말하거나 판단할 필요는 없습니다.
그냥 내 삶 자체가 귀한 것입니다.
내 삶은 아끼고 가꾸는 것이 최고입니다.

내 행복은 내가 쌓기

행복은 어느 누군가가 만들어 주거나
타인이 느끼는 것이 아닙니다.
내 행복은 내가 느끼고 내 자신이 만드는 것입니다.

가끔은 행복과 행복의 기준을 타인과 비교합니다.

자본주의라는 세상에서 비교는 늘 있는 일이고
비교하지 말고 살라는 것은 오히려 어불성설입니다.

그렇습니다.
비교도 필요할 때가 있고, 타인과 나를 비교해도 좋습니다.

다만 나를 행복하게 하는 것은
나에게 맞는 나의 행복 기준이 있어야 한다는 것입니다.
내 행복은 내가 쌓고 내가 만드는 것이기에 말입니다.

나의 행복을 타인의 불행이나,

타인이 잘못되어야만 하는 것들 위에 쌓거나 만들지는 맙시다.

타인의 불행과 타인의 잘못을
나의 행복과 비교는 말았으면 합니다.

타인에게 피해를 주고 타인을 불행하게 만드는
나의 행복은 언젠가는 무너지기 때문입니다.

남에게 원망 살 일을 하지 않고
남에게 억울할 수 있거나 분노를 내게 하는 일을 하지 않고
내 행복을 쌓아 가는 것이 훨씬 더 기쁜 일입니다.

내 행복을 위해, 무슨 수를 써서라도 이기려 하고, 남에게 불행을 준다면
그 행복은 오래 남지 않기 때문입니다.

남들의 불행과 억울함 위에
내 기쁨과 행복을 만들지 않았으면 합니다.

나의 행복은 나 자신을 위해
스스로 쌓아 가고 만들면 좋겠습니다.

똥배 없는 나

필라테스, 조깅, 워킹, 라이딩
똥배 없는 나를 위한 요즘의 일상
새로운 즐거움과 기쁨이 있습니다.

똥배 없는 나는
배부름과 배고픔이 적절하여
정신이 맑아지고 건강이 회복됩니다.

똥배 없는 나는
절약과 간소함의 미덕을 알게 하여
못 갖는 욕망이나 욕심을 채우는 것이 아니라
안 갖는 긍지와 마음으로 풍요해집니다.

똥배 없는 나는
조금씩 조금씩 음식의 참맛을 느끼게 하여
내 일상과 삶을 좀 더 깊게 느끼고

행복하게 즐길 수 있게 만듭니다.

나는 똥배 없는 사람입니다.

다 좋아질 겁니다

지금 하는 일이 잘 되지 않을 때가 있습니다.
밤 새우고 고민해도 해결되지 않을 때도 있습니다.

나는 루저인가?
내 존재는 무엇이지?
이렇게 힘들게 살아서 무엇하나?
가끔은 생을 마감할까?
그런 생각을 할 때도 있습니다.

살다 보면 온갖 일들이 있습니다.
어떤 어려운 일이 있고 힘든 일이 있어도
현재 자신의 존재보다 소중한 것은 없습니다.

힘들고 일이 해결되지 않고 고민만 될 때,
그럴 때는 과감히 그 일을 힘들어서 더 이상 못하겠다고
나와 맞지 않다고 그만두어도 좋습니다.
누가 강요한다면 못하겠다고 말할 수 있었으면 좋겠습니다.

그렇게 현재 일을 그만두고 또 다른 일을 하거나
나의 또 다른 삶을 찾으면 됩니다.

다 좋아질 것이기에 말입니다. 그냥 다 좋아질 겁니다.

힘든 일, 어려운 일, 괴로운 일이 있으면
한번쯤 뒤집고 던져 버립시다.
그래도 다 좋아질 겁니다. 다 좋아질 겁니다.

투스쿨룸 대화에서 (행복한 사람)

키케로의 투스쿨룸 대화에서
현자와 행복한 사람에 대해서 알다.

자제력을 가지고
일관되게 평정심을 유지하고
내적인 만족감을 찾고

곤경에 처해도 무너지지 않고
어떤 공포에도 흔들리지 않고
갈급한 욕구에 애태우지 않고

격렬하고 헛된 흥분에 사로잡혀
평정심을 잃지 않는 사람은
그가 누구든 상관없이
우리가 찾고 있는 현자다.
그 사람은 행복한 사람이다.

나는 가끔 자제력을 잊어버리고
평정심을 가지지 못합니다.

나는 가끔 내적인 만족감에 충만하지 못하고
곤경에 처하면 우울하거나 무너집니다.

나는 가끔 공포를 두려워하고
작은 욕구에 애를 태웁니다.

나는 가끔 필요 없는 헛된 것들에
작고 사소한 것들에 사로잡혀
흥분하고 욕심을 낼 때가 있습니다.

지금의 나는
내적 충만함으로 어떤 곤경도 공포도 이겨 내는
그런 멋진 나를 생각하고 있습니다.

밤에 푹 자고 아침에 잘 일어나기

건강을 위해서, 하루 일과를 위해서,
밤에 푹 자고 아침에 잘 일어나기는 중요합니다.

가끔 밤에 잘 때면 몸은 뒤척이게 되고
이런저런 잡생각은 꼬리에 꼬리를 물기에 잠이 오지 않습니다.

어떻게 하다가 잠이 든다 하여도
일어나면 상쾌하고 즐거운 아침이 아닌
무엇인가 찌뿌둥한 아침이 되고는 합니다.

그런 아침을 시작하다 보면
하루 종일 멍하기도 하고
몸과 마음에서도 뭔가 하나 빠진 듯한 컨디션이 되어 버립니다.

밤에 푹 자고 아침에 잘 일어나기 위해
이렇게 한번 해 보면 어떨까요.

잠자기 2~3시간 전에는
핸드폰을 내 잠자리에서 저 멀리 두고
밝은 조명 아래 나를 너무 노출하지 않는 것입니다.

가벼운 스트레칭이나 따뜻한 우유나 차를 해도 좋습니다.
심호흡과 함께 마음으로 잘 준비를 해 보는 것도 좋습니다.

가장 중요한 둔감함을 연습하는 것입니다.
밤에는 하루에 있었던 고민과 잡생각으로부터
둔감해지는 것입니다.
오늘 일은 오늘 끝난 것이고
내일 일은 내일 고민하는 그런 훈련을 하는 것입니다.

나는 오늘 한껏 잘 살았어.
그래서 잠을 자는 거야라고 하면서
수고한 나를 따뜻하게 만져 주고
잘했다 칭찬을 하고 그렇게 자는 것입니다.

자는 것도 먹는 것만큼이나 중요하니까요!

무작정, 먼저 걸어 보기

배가 부르고 노곤하면 그냥 나가 걷습니다.
기분이 우울하면 그냥 나가 걷습니다.
짜증이 문득 나면 그냥 나가 걷습니다.
말다툼이 생기면 그냥 나가 걷습니다.
할 일이 없으면 그냥 나가 걷습니다.
일단 나갑니다. 그리고 먼저 걷습니다.

걷다 보면 바람도 느껴지고
걷다 보면 햇살도 느껴지고
걷다 보면 어둠도 느껴집니다.

나 이외 나무도 보이고
돌도 보이고 잡초도 보이고
건물들도 집도 보입니다.
저 멀리 산도 가까이 있는 강도 보입니다.

그러는 동안 내가 이 세상에 존재하고 있음을 느낍니다.
그러는 동안 내 기분과 몸이 나를 먼저 알아봐 줍니다.

일단 걷습니다. 그냥 걷습니다.
내가 존재함을, 내가 건강함을 알 수 있습니다.
걷는 동안 나를 사랑하게 됩니다.

식탐과 탐욕, 그 후

식탐이 한때 많았습니다.

뭔가 먹고 싶은 생각이 날 때
뭔가 먹고 싶을 때
내가 원하는 것을 원하는 곳에서
원하는 음식을 맘껏 먹을 수 있었기에
식탐, 이 녀석은 나와 상관없이
점점 더 커진 것 같습니다.

그렇게 커지는 것을 몰랐습니다. 아니 모른 척한 듯합니다.
아니 알면서 그 식탐의 쾌락을 버릴 수 없었던 것이 맞는 듯합니다.

식탐이 커질수록
과식은 점점 더 잦아지고
음식에 대한 자제력은 점점 더 약화되고
회식이나 술 모임을 만들고 찾게 되고
운동과 명상의 시간은 점점 사라지게 되었습니다.

그런 반복 속에서 식탐은 어느새 자기만의 세력을 만들고
점점 더 크고 단단하게 자라고 있었습니다.
식탐은 나의 자제력을 잃게 하고
나의 몸과 나의 마음도 그러하게 만들고 있었습니다.
식탐이 탐욕으로 그 세력을 넓힌 듯합니다.

어느 날 문득 알게 되었습니다.

식탐은 과식을 낳고
내 몸과 마음을 약하게 그리고
허전하게 만들어 자신을 계속 찾도록 말입니다.

식탐을 딱 잘라서 그만두었습니다.
어려웠지만 말입니다.
그리고는 소박함을 건강함을 생각하게 되었습니다.

식탐을 그만두니
새로운 많은 것들이 보이게 되었습니다.

내 몸도. 내 마음도. 내 정신도. 내 시간도.
몸도 좋아지고 마음도 풍요로워지고

정신도 맑아지고 있습니다. 그리고 많은 시간이 생겼습니다.

식탐과 탐욕에게 빼앗겼던 나만의 시간도 찾았습니다.

그 시간 속에 운동이라는 친구를 두었습니다.
그리고 서로 더 좋아하고 격려하기 시작했습니다.
운동이란 친구가 이렇게 좋은 줄 몰랐습니다.

식탐은 나와 내 주변을 못 보게 만들었다면
운동은 나와 내 주변을 다시 보게 만들었습니다.
더 건강하게 더 풍요롭게 더 여유롭게….

이제 식탐이 없기에 탐욕도 없습니다.
그리고 운동이라는 친구가 생겨서 더 든든합니다.

문득문득 화가 납니다 (1)

화가 날 때가 있습니다.

무엇인가가 억울할 때. 아무 이유 없이 욕 먹을 때.

내 잘못이 분명 아닌데 남과 함께 비난받을 때.

어디 세상을 살다가 그런 것들이 한두 개일까요?

문득문득 화가 날 때 그대로 두면 화가 분노가 되기도 합니다.

화가 날 때, 그럴 때는

화가 난 그 자리를 벗어나 보는 것은 어떨까요?

그 시간, 그 사람, 그 공간에서 벗어나는 겁니다.

그러면 화가 조금은 줄어든다고 합니다.

그러면 나의 품위도 조금 올라갈 듯합니다.

화가 날 때, 그럴 때는

혼자서 내 책상 정리나 청소를 열심히 하는 것은 어떨까요?

나의 화를 깨끗함으로 대체하는 겁니다.

그러면 내 자리도 깨끗해지고 어느덧 화난 시간도 지난다고 합니다.

그러면 나의 마음이 조금 진정된다고 합니다.

화가 날 때, 그럴 때는
내가 좋아하는 음악을 크게 틀고 들어 보는 것은 어떨까요?
내 마음에 음악이 흘러 들어오게 하는 겁니다.
그러면 나의 정서가 음악처럼 신나거나 달콤해진다고 합니다.

화가 날 때, 그럴 때는
무작정 밖에 나가서 걷거나 달려 보는 것은 어떨까요?
나의 화를 건강으로 치환하는 겁니다.
무작정 걷거나 달리다 보면 그 공간의 나무와 바람과 공기가
나에게 말합니다.
가장 중요한 사람은 너야. 너는 잘하고 있어.
그러니 그런 화나 분노에 너를 맡기지 말라고 말입니다.
그러면 나의 마음과 몸이 건강해진다고 합니다.

문득문득 화가 납니다 (2)

다른 공간으로 이동하여도
내 주변을 청소해 보아도
걷거나 달려 보아도 화가 남아 있습니다.

왜 그럴까요?
그것은 여전히 내 머릿속에 화난 이유와 복잡한 마음이 붙어 있기 때문
입니다.

나의 욕심과 나의 이기심,
나의 열등감과 나의 우월감이 내 마음속에 자리 잡고 남아 있어서입니다.

그럴 때는 나를 찬찬히 들여다보아야 합니다.
나를 똑바로 마주 보고 서야 합니다.
그래야 내가 화난 이유를 더 객관적으로 볼 수 있기 때문입니다.

내 머릿속과 마음을 들여다본 다음에는
옷에 묻은 먼지처럼 화와 나의 집착을 툭툭 털어 버리는 것입니다.

나를 화나게 한 것도 화나게 한 사람들은
어쩌면 먼지보다도 못한 대수롭지 않은 존재일 수 있으니까요.

먼지 같은 어쩌면 먼지보다 못한 이유와 사람들 때문에
속상해하거나 화내지 말면 좋겠습니다.

나는 먼지를 툭툭 털어 버릴 수 있는 존재이자
더 귀하고 값진 사람이니까 말입니다.

이제 문득문득 화가 나는 것들은 모두 먼지입니다.
그래서 그냥 툭툭, 탁탁 털어 버릴 것입니다.

나, 자신을 사랑합시다

가끔 우리는 우리 자신에게 너무 가혹하거나 너무 냉정할 때가 있는 것 같습니다. 내 몸을 아무렇게나 방치하거나 내 마음을 그냥 공허하게 흘려보내기도 합니다. 그리고 가끔은 우리 스스로가 못났다라고 말도 합니다. 세상에서 가장 소중하고 귀한 것은 바로 나, 자신입니다. 나를 사랑하고 나를 아끼는 노력을 하다 보면 새로운 용기와 꿈이 생기고 만들어집니다.

나는 나 자신과의 대화를 가끔 합니다.
있는 그대로의 나, 그 모습을 보기 위해서 말입니다.
그래야 나, 자신을 받아들이고 공감할 수 있기 때문입니다.

나,
자신의 장점과 나의 단점을 들여다봅니다.
내 자신을 탓하지 않습니다.
내 스스로에 대한 믿음과 자신감을 깎아내리지 않습니다.
왜냐하면
나는 단점도 있고 장점도 있는 그런 사람이기 때문입니다.

나,
자신을 받아들이고 이해하려 합니다.
내 단점과 약점을 받아들입니다.
먼저 받아들이고 이해해야 나를 알 수 있고
개선할 수 있으니까 말입니다.

나,

자신을 받아들이고 이해하려 합니다.

내 장점과 강점을 살펴봅니다.

먼저 살펴보고 이해해야 나를 더 좋은 모습으로

만들 수 있으니까 말입니다.

나,

자신을 사랑합니다.

나를 사랑하는 것은

나와의 대화로부터 시작됩니다.

나와 더 잘 지내기 위해

나와의 대화를 하면 어떨까요?

나 자신을 좀 더 아끼기 위해

나와의 대화를 하면 어떨까요?

그것이 나를 사랑하는 시작입니다.

나,

자신을 사랑합시다.

2부

나는 타인으로부터
자유롭습니다

남들의 눈치와 시선을 의식할 필요는 없어!
왜냐하면 너 자신을 들여다보면 넌 그 답을 알 수 있으니까!
너가 하고 싶은 것을 만들고 이루어 봐!

사람들은 남에게 관심이 없다

사람들은 남에게 관심이 없습니다.

그중에 특히, 부자들은
남들이 어떻게 살든 더 관심이 없습니다.

부자들은 남들이 어떻게 사는지?
모방하거나 흉내 내려 하지 않습니다.
그들은 남들과 비교하지 않고
다만 그들의 길, 부자의 길을 계속 갈 뿐입니다.

사람들은 남에게 관심이 없습니다.

그중에 보통, 대부분은
소문은 믿지만 진실은 믿지 않습니다.
그들은 남들의 마음이 아픈지?
상관없이 함부로 생각하고 말합니다.

거짓되고 잘못된 소문에
아프고 피해 보는 사람은 그 소문의 당사자임에도 말입니다.

이제 남들과 비교도 말고 남들의 말에 힘들지 말고
그냥 나의 길을 가 보아요.

그리고 소문으로 힘들어하는 친구가 있으면
그 사람의 이야기를 직접 듣고 그 말을 믿어줘 봐요.
겉으로 보이는 모습과 겉으로 들리는 소문은
소문일 뿐, 진실이 아니기에 말이죠!

칭찬과 비난

우리는 사소한 칭찬에도 웃으며 좋아합니다.
우리는 가벼운 비난에도 금세 마음이 상합니다.

우리는 평범한 사람이기에
칭찬을 좋아하고 비난에 기분이 나빠집니다.

칭찬은 나를 인정한다는 생각에 좋아하고
비난은 나를 거부한다는 생각에 자존심이 상합니다.

우리는 어쩌면 일상생활에서 직장 생활에서
칭찬받고 인정받는 것에 목매어 살고 있는지도 모릅니다.
그래서 늘 다른 사람의 생각과 판단에 신경을 쓰는 것이겠지요.

그렇지만,
다른 사람의 생각과 판단이
나의 기분을 좌지우지한다면 그 또한 행복한 나만의 삶은
아닌 것 같습니다.

나이가 들고 자기 주관이 들면서 생기는
즐거움, 기쁨의 하나는
다른 사람의 시선에서 자유로워지는 것입니다.
다른 사람의 판단과 생각에서 벗어나는 것이죠.
다른 사람의 칭찬과 비난에
쉽게 흔들릴 필요가 없습니다.

내 삶은 내가 주인이고
내 스스로의 판단을
보다 신뢰하면 되는 것입니다.

내가 성장하고 어른이 된다는 것은
다른 사람의 칭찬과 비난에서
자유로워지는 것입니다.
그런 자유가 있다면
무엇이든 원하는 대로 할 수 있습니다.

나는 또 하나의 어른이 되기 위한
준비를 하는 것인지도 모릅니다.

알아도 가끔은 모른 척 살기

직장에서나 집에서나 전달하는 방법의 차이는 있기는 하지만, 사람들은 직접적인 조언이나 진심 어린 충고를 좋아하지 않는다는 것을 많이 느낀다. 더구나 원초적인 언어로 솔직하게 말을 할 때는 싫어함을 넘어 그 상대방을 모함하기까지도 하는 것 같다.

알아도 가끔은 모른 척 살기가 필요한 것 같습니다. 아는 것을 모른 척하기도 쉽지 않은데 말이죠! 그렇지만 알아도 모른 척, 눈치챘어도 모른 척. 그것이 사람과의 관계와 커뮤니케이션에는 많이 필요하다고 합니다. 그래서 때로는 침묵이 금이라는 말도 있나 봅니다. 아는 척 그리고 많은 얘기를 하는 것보다는 듣고 공감하는 것이 현명하게 사는 방법일 것 같습니다.

딴 사람의 마음을 다 보는 것이 좋은가요?
딴 사람의 생각을 다 아는 척하는 것이 좋은가요?
딴 사람의 생각을 다 눈치채는 것이 좋은가요?
참 답하기 어려운 질문입니다.

그래서 정답이 없는 것 같습니다.

가끔은 딴 사람의 마음을 알면서 모른 척하고

가끔은 딴 사람의 생각을 알면서 모른 척하고

가끔은 딴 사람의 생각을 눈치챘어도 숨기는 것도 좋은 것 같습니다.

나에 대한 비판, 비난, 욕들은 알면서도 모른 척하고

남에 대한 칭찬, 자랑, 일들은 얘기하며 아는 척해도 좋은 것 같아요.

사람들은 다 아는 척하면 싫어하고 욕하니까요.

자신의 단점을 눈치챈 것 같으면 모함하거나 피하기도 하니까요.

그래도

믿고 사랑하는 사람에게는 칭찬, 사랑, 우정과 같은

얘기는 진실되게 느끼고 아는 척해야 되겠지요!

아무에게나 아는 것을 눈치챈 것을 다 말한다면

그것은 어리석은 일인 듯해요. 가끔은 적도 생길 수 있으니 말이죠.

사랑하고 아끼는 사람이 아닐 경우에는

그냥 모른 척 지나가도, 그것이 현명한 생활입니다.

다만 나에게 부당하거나 부정한 것에 대해서
당당히 드러내고 말해 주어야 합니다.

모든 사람을 좋아할 필요도
모든 사람을 아낄 필요도 없으니까 말이죠.

사람들과 대화하고 이야기를 하되
자신은 잃지 않고 가끔은 모른 척 지나가 버려요!

그것이 작은 행복이나 기쁨이 되기도 합니다.

저는 그것을 참 늦게 알게 되었답니다.
그래도 지금 알게 되니 지금부터 좀 더 현명하게 살면 되지요!

호랑이 없는 골에 여우가 왕 노릇 한다

사람들은 자신이 실력이나 능력이 없음에도
자기 잘난 척을, 자신이 잘남 하는 것이 본성인 것 같습니다.

호랑이 없는 골에 여우가 왕 노릇 한다라는 속담이 있습니다.
옛 선인의 지혜를 볼 수 있죠.

높은 사람이 없는 곳에서
아래 볼품없는 직원이 잘난 척을 하기도 하고
심지어 그 높은 사람을 무시하기도 하죠.

뛰어난 사람이 없는 곳에서
보잘것없는 사람이 잘난 체를 하고 득세하기도 합니다.
자기가 최고인 양 말이죠.

그런 사람들은 호랑이를 모함하고 배신하기도 하죠.
왜냐하면 자기가 살아남아야 하니까요.
잘나지 못한데도 잘난 척을 해야 하니까요.

그렇지만 결국 그 사람의 보잘것없음은 드러나죠.
그게 세상의 이치이자 진리겠지요.

그리고 여우들은
진정한 호랑이가 오면 또 음지로 숨어 발톱을 숨기죠.

호랑이가 없을 때 잘난 척하는 것이 아니라
호랑이와 대등하게 얘기하고 함께 일할 수 있는
실력들을 갖추면 좋겠습니다.
세상에서든 회사에서든 정치판에서든
여우들아,
진정 실력과 능력을 키우도록 하면 좋겠어요.
꼼수와 아부가 아닌 역량과 실력을 쌓아서 살아갑시다.

그것이 진정한 당당함이고
그것이 진정한 남 눈치를 보지 않고 살 수 있는 것입니다.

비난과 비판 사이

비난은
남의 잘못이나 결점을 책잡아서 나쁘게 말하는 것.

비판은
현상이나 사물의 옳고 그름을 판단하여 밝히거나
잘못된 점을 말하는 것.

우리는 비난과 비판을 잘 구분하지 못합니다.
그러기에 비판인 듯 비난을 하고,
비난을 잘한 충고인 양 가끔 착각하기도 합니다.

비난은 남의 잘못, 남의 결점을 책잡아서 나쁘게 말하는 것입니다.
비난은 상대의 이해보다는 상처와 괴롭힘에 우선하는 것입니다.

비난을 하기 전에
그 사람의 말과 행동, 상황이 어떤지 살펴보아야 합니다.
그래야 따뜻한 말과 따뜻한 행동으로 그 사람을 이해할 수 있습니다.

비판은 좋은 것입니다.
그렇지만 비판을 비난처럼 하는 것은 가장 어리석은 일입니다.

비판도 따뜻한 말도 따뜻한 마음으로
언제든지 할 수 있는 것이니까.

비난보다는 비판을
비판보다는 이해와 포용을 먼저
그리고
비판을 할 때도
따뜻한 마음과 고운 말로 하면 좋겠습니다.

남을 비난하지 말자

우리는 쉽게 그리고 너무나 자주 남을 비난합니다….
내 얘기가 아니기에 더욱 쉽게 그리고 더욱 자주.

어떤 일이, 어떤 사정이 있는지도
궁금해하지도 알아보지도 않고서는
그냥 내 편한 대로 쉽게 생각하고 해석합니다.

남을 비난하는 것은 쉬운 일입니다.
그래서 습관이 되고 쉽게 중독이 되는 것 같습니다.
우리가 쉽게 남 탓을 하거나 환경 탓을 하는 것처럼….

남을 비난하면
내 마음에도, 내 영혼에도 알게 모르게 상처가 납니다.
그 상처는 소리 소문 없이 내 영혼을 황폐화시키기도 합니다.
나의 귀한 시간과 에너지가 낭비되는 것입니다.

남을 비난하면, 그럴 때마다
우리는 날 사랑하는 사람이나
날 알아주는 사람을 잃을 수 있습니다.
내 마음과 영혼, 때로는 내 운을 구해 줄
사람들을 잃는 것입니다.
나를 떠날 수 있기 때문입니다.

남을 비난하지 않았으면 좋겠습니다.
그 시간에 남을 더 따뜻하게 맞이하고
포용하면 어떨까요?
그 따뜻함이 나의 영혼과 나의 마음을
더욱 풍요롭고 따뜻하게 할 것이기에 말입니다.
남을 비난하지 않았으면 좋겠습니다.
나를 위해서! 나의 운을 위해서!

부모님, 그 사랑의 깊이

태어나고 자라면서 그리고 사회인이 되면서도
부모님은 평생 함께 계실 줄 알았습니다.

시간이 지나고 세월이 지나면
부모님들도 나이가 들고 약해지고 이별의 시간이 옴에도
영원할 줄 알았습니다.

그래서 가끔은 짜증 내고, 투정 부리고 화도 냈던 것 같아요.
그냥 그 마음이 넓은 줄만 알았죠.
그냥 그 마음이 깊은 줄만 알았죠.
한없이….

그런데 그게 아닌 것을 이제서야 알았습니다.
부모님은 더 서운하고 더 슬퍼할 수도 있었던 것을.
단지 우리가 자식이기에 아까운 사람이기에
우리에게는 기쁨과 행복을 대신 더 주기 위함이었던 것을.
그 사랑의 깊이를 몰랐네요.

이제서야 감사하고

행복과 기쁨을 주어도 아까운 사람이 부모님이란 것을 압니다.

부모님의 사랑의 깊이는

이렇게 또 내려, 내려 이어지나 봅니다.

그래서

어버이날은 빨간 날이 아니고,

어린이날은 빨간 날인 것 같아요.

사람들은 솔직한 충고나 조언을 싫어한다

사람들은 솔직한 충고나 직접적인 조언을 싫어합니다.
진심 어린, 정말 상대방을 위한 것일지라도 좋아하지 않습니다.
친분 관계가 있고 감정의 동화가 함께 있는 사람도 대개 싫어하는 것인데
그런 커넥션조차 없는 사람들에게는 오죽하랴!

사람들은
조언과 충고에 이중적인 모습을 가지고 있습니다.

보이는 앞에서는 그래요? 고맙습니다. 좋은 조언 감사합니다.
라고 말하지만,

보이지 않는 뒤에서는 "저 사람, 또 잘난 척하네."
"자기가 뭔데 나에게 충고질이지." "자기나 잘하지 웃긴다."
등 그렇게 말들을 하곤 합니다.

그게 세상이고 가끔 나도 그러면서 사는 것을
남 탓만 하기에는 미안하기도 한 것이죠!

사람들에게 조언과 충고는 그 사람과의 관계와
상황과 타이밍을 보고 해야 할 것 같습니다.

그 사람이 내가 조언하고 충고할 만큼 아끼고 사랑하는 사람인지?
내가 솔직하고 직접적으로 이야기해도 감사하게 느낄 사람인지?
그리고 내가 하는 조언과 충고가
그 사람에게 정말 도움이 되는 것인지?
그런 것들을 한번 더 생각하고 얘기해야 할 것 같습니다.

그렇지 않으면 시간과 정성을 들인 조언이 단순한 잔소리가 되고,
듣는 사람도 건성으로 듣게 되고.
뒤에서는 오히려 나를 욕할 수 있으니 말입니다.

좋은 충고, 진심 어린 조언은 반복해서 얘기할 필요가 없습니다.
한 번이면 족하지 않을까요?
그래야 그 조언이나 충고가 잔소리가 되지 않을 것 같습니다.
잔소리는 누구나 싫어하니 말입니다.
나도 잔소리는 마음으로 듣지 않고 흘려 버리거나 에이! 그러거든요.

진심 어린 충고나 직접적인 조언도 한 번
사랑하고 아끼는 만큼만 해도 좋은 것 같아요.
굳이 이 사람 저 사람에게 할 필요는 없는 것이죠!

영화 〈오펜하이머〉 그리고 손절할 사람들

〈오펜하이머〉를 보면서 한 사람의 순수 의지에 대한 나름의 생각도 있었지만 인생에 적을 만들면 좋지 않다는 사실 또한 강하게 하였다.

오펜하이머를 궁지에 몰고 추락시키려는 역할을 한 스트로스라는 인물 때문이다. 오펜하이머는 스트로스를 구두 가게 판매원 출신이라는 것을 빗대어 무시하고 공개석상에서 조롱한, 그 대가를 톡톡히 치른다.

어쩌면 스트로스는 자신의 출신과 배경에 대한 강한 열등감과 그럴 필요가 없는 위치에 있으면서도 풍요롭지 못한 마음을 가졌던 인물이었던 것 같다.

개인적으로는 오펜하이머나 스트로스 모두 안쓰러운 인생의 횡보를 겪었다고 본다.

오펜하이머를 보고 난 후 사람들과 관계에서 사람에 대한 무시나 조롱, 비난이 얼마나 큰 대가를 치러야 하는지! 그리고 개인의 열등감과 사람에 대한 앙심이 얼마나 큰 파국을 만드는지! 알게 된 것 같다.

그리고 사람의 관계에서 불필요한 그리고 나를 모함하고 올가미를 씌우는 그런 관계의 사람들은 빨리 손절해야겠다는 생각도 강하게 들었다. 어쩌면 나도 다른 사람에게서 손절당하는 이유도 있지 않을까라는 생각도 한다.

먼저 매번 밥을 얻어먹기만 하고 사지 않는 사람들.
심지어 커피조차 쏘지 않는 사람.
그리고 얻어먹는 것을 자기의 권리처럼 여기는 사람.
사람들을 이간질시키고 뒷담화와 욕을 너무나 자주하는 사람.
그리고 믿었던 친구임에도 어려운 상황에서 편을 들어주기보다는 모르는 상황에서 자기 말을 하는 사람.
늘 부정적이고 매사 불평이 많은 사람.
긍정적이고 장점보다는 단점과 부정적인 면을 먼저 찾아내는 사람.

약속 시간을 잘 지키지 않는 친구나 지인.
특히 회사 상사나 자기에게 도움이 되는 사람과의 약속과 시간을 잘 지키면서 친하고 편하다는 이유로 약속과 시간을 잘 지키지 않는 사람.
(대부분 많은 사람들이 이해하면서 넘어가는 것이지만 결국 자신에게 큰 도움이 되지 못할 사람들일 가능성이 많다.)

약한 사람을 무시하고 식당이나 공공장소에서 일하는 분들께 무례하고 목소리를 높이는 사람.
폭력성이 보이는 사람.
가스라이팅을 심하게 하는 사람.

서로 대화할 때 대화 핀트가 늘 맞지 않는 사람.

서로 목적이 달라서 본인의 이익만 추구하는 사람.

내가 말할 때 나를 우습게 만들거나 필요 없는 얘기로 나의 품격을 떨어뜨리는 사람. 정치적으로 말하고 행동하는 사람.

뭐든 모르지만 자기가 잘못했다고 말하는 사람.

자신의 잘못도 모르고 이유도 모르면서 미안하다는 사람. 그러면서 다른 사람 뒤통수를 치는 사람.

적다 보니 만날 사람이 거의 없을 것 같다는 생각도 든다. 어쩌면 이 중에서 나에게 해당하는 내용들도 분명 있을 것이고. 어디 완벽한 인간관계가 있겠는가? 그렇지만 최소한 나를 성장시키고 발전시키는 것을 막는 사람들과의 관계는 손절하는 것이 좋지 않을까? 나도 이런 사람이 되지 않기 위해서 나를 돌아보면 또다시 조심을 다짐한다.

악한 말, 고운 말

가끔 악한 말을 할 때가 있다.

나에게 나쁜 짓을 했거나

내 마음에 들지 않는 사람이거나

나를 짜증나게 만드는 사람

그런 사람들에게

가끔 고의로, 의도적으로 악한 말을 한다.

악한, 그 말을 위해,

그 사람을 더 나쁘게 보고,

그 사람의 잘못을 책잡는다.

책잡으면 그것을 빌미로 상대방을 사지로 몬다.

사지로 몰린 사람은 그 반동성이 강하고

앙심을 품고 복수를 할 거라는 생각을 못 하면서….

참 어리석은 것 같다.

그 어리석음을 또 반복한다.

악한 말을 할 필요가 없다.
고운 말을 하지 않을 바에는
아예 입을 닫자.
굳이 악한 말을 할 필요는 없다.
에너지 낭비, 인심 낭비다.

고운 말은,
상대방을 편하게 하고 친근하게 만든다.
고생했어요!
어려운 일인데도 노력을 많이 했네요!
시간이 많이 들었겠어요!
잘했어요! 훌륭해요!
그런 결과적인 말들보다
이해하고 공감할 수 있는
그리고 과정을 지켜볼 수 있는 고운 말들이 참 많다.

이 많은 고운 말들을 더 하는 건 어떨까요?
미운 사람에게도.
싫은 사람에게도.
좋은 사람에게는 더 많이, 더 자주.

미운 사람 대하기

살다 보면 미운 사람, 싫은 사람이 있기 마련이다. 우리가 천사가 아니고 도를 닦는 사람이 아닌 이상 그런 사람들은 불편할 수밖에 없다. 난 미운 사람에겐 밉다라고 하는 편이다. 그렇다고 그게 다 좋은 것은 아니지만, 이번 나에게 하고 싶은 말에서는 미운 사람들을 대하기에 대해 글쓰기를 하다. 미운 사람은 미운 대로 좋은 사람은 좋은 대로. 그냥 그렇게!!

미운 사람은 그냥 밉다.
무엇을 해도 미워 보인다.
하는 짓마다 밉기도 하다.

그런데
사람 일은 모른다. 그 누구도.
그 사람이 언젠가 나를 위로하고
나를 지켜줄 수도 있기 때문이다.
우리는 그럴 리가!!
그렇게 생각하기도 한다.

미운 사람 그냥 밉다.
그렇지만 티를 내지 말자!

미운 사람에게
능력이 없다. 부족하다. 잘하는 게 없다.
하는 짓마다 참 밉고 못하다.
그럴 필요가 없다.

그냥 미운 놈이지. 하고 넘어가자.
사람은 누구나
못나도 못났다고 하면 욕이 된다.
바보에게 바보라
멍청이에게 멍청이
일 못하는 놈에게 일 못하는 놈.
그게 팩트이지만,
그 팩트를 굳이 말하지 말자.

그럼 욕이 되는 것이니 말이다.

오히려 내가 나쁜 사람이 될 수도 있기 때문이다.
'미운 사람, 그냥 그렇지!'라고

티 내지 말면 그만이다.

미운 사람은 미운 대로
좋은 사람은 좋은 대로
그냥 그렇게!

남도 행복하고 나도 행복하기

누군가 말했다.
행복은 제로섬 게임과 같다고.
남이 행복하면 내가 불행해져야 하고,
내가 행복하면 남이 불행해져야 한다고.
그런 것일까?
부처님은 끝없이 소유하려는 욕망을 가지고 있는 한
모두가 함께 행복해질 수 없다고 하였다.

소유, 내 것을 가지기 위한 그 투쟁과 집착이 없다면
남도 행복하고 나도 행복할까?

내 욕심만을
내 욕망만을 채우기 위한 것이 아니라,
너도 좋고 나도 좋고
누이 좋고 매부도 좋은
그런 윈-윈되는 삶을
생각하고 노력하면 어떨까?

나의 행복을 위해,

타인을 짓밟거나 이용하거나 속이는 것이 아니라

함께 행복할 수 있는 일, 함께 나누어 가질 수 있는 것을

한번 더 생각하면 가능할 것 같다.

세상이 불평등하고 공평하지 않음을 알고 받아들이되

그래야.

내 행복의 방법을 함께 나누고

남의 행복을 빌어 주고

남도 행복하고 나도 행복할 수 있기 때문이다.

내가 나를 돕고 사랑하고

내가 너를 돕는 것이 곧 나의 행복이자 남의 행복이 될 수 있다.

남을 이롭게 하는 것이 나를 이롭게 한다.

자리이타,

그것이 남도 행복하고 나도 행복하기.

그러면 나도 행복하고 남도 행복하다.

모두를 행복하게 할 수 있는 힘을

우리들은 이미 가지고 있다.

좋고 싫음보다는 옳고 그름을 보자

한때 나도 좋고 싫음으로
사람을 생각하고 판단하고,
일을 판단하고 투자를 하였습니다.

내가 좋아하는 사람 싫어하는 사람
내가 좋아하는 일 싫어하는 일
내가 좋아하는 기업 싫어하는 기업

그런 생각과 판단이 옳다 그름을 말하는 것이 아님에도 말입니다.

단지 좋고 싫음보다는 그것에 대해서
옳고 그름을 보면 더 현명한 삶을 살 듯합니다.

어떤 일을 함에 있어서 그 일을 행함이
옳은 것인지? 그른 것인지?

어떤 사람을 앎에 있어서 그 사람이
옳은 생각과 행동을 하는 사람인지?
그른 생각과 행동을 하는 사람인지?

주식 투자를 함에 있어서 그 종목이
바른 기업인지 불법 기업인지?

회사나 직장에서
리더가 옳은 사람인지 그른 사람인지?

그런 것들을 함께 본다면 삶도 투자 실패도 줄어들 수 있을 듯합니다.
많은 세상 사람들이
좋고 싫음만을 따지기에 약간은 이기적이고
삭막하고 따뜻함이 부족한 것은 아닐까요?

좋고 싫음과 함께
옳고 그름을 함께 알려 주고 공유하고 살아가는 세상을 꿈꾸어 봅니다.

내가 하는 생각과 행동도 좋고 싫음보다는
옳고 그름으로 한번 더 생각한다면
나에게도 좋고 세상에도 좋을 것 같습니다.

좋고 싫음과 함께

옳고 그름으로 세상을 보고 싶습니다.

좋고 싫음보다는

옳고 그름으로 세상을 먼저 보아도 좋을 것 같습니다.

삼척동자 벗어나기

철이 없는 어리석은 어린아이를 삼척동자라고 합니다.
그런데 막상 사회를 나가거나 직장을 다니다 보면
어른임에도 불구하고 삼척동자들이 참 많습니다.

삼척동자의 사전적 의미 말고도
한때 유행한 삼척동자도 있습니다.
바로 있는 척, 아는 척, 잘난 척하는 사람들을
말하는 삼척동자입니다.
이 삼척동자는 단지 3척을 했다고 해서 하는 말만은 아닙니다.

있지도 않으면서 있는 척
아는 것이 없으면서 아는 척
잘나지 못함에도 잘난 척을 하면서
자기가 최고인 양 상식에 어긋나는 행동을 하기 때문에 조롱하는 것입니다.
진짜 그런 3척을 다 가진 사람이 그렇다고 한들 무엇이 문제겠습니까?
다만 그것이 상식에 어긋나지 않는다면 말이죠.

그리고 그런 사람들은 그런 척을 안 해도 빛나게 되어 있는 법이죠.

삼척동자는 나이가 많든 학식이 있든 없든
'철없이 행동하는 배려와 사고력이 부족한 어린아이 같다'라고
해석해도 무방합니다.

개인적으로 나도
있는 척, 가끔 한 것 같습니다.
아는 척, 가끔 한 것 같습니다.
잘난 척, 가끔 한 것 같습니다.
이런 3척들이 남들에게 피해를 주지 않았기를 바라봅니다.

있는 척해도 좋습니다. 남들과 함께 나눌 수 있다면.
아는 척해도 좋습니다. 남들도 함께 발전할 수 있게 한다면.
잘난 척해도 좋습니다. 자존감과 타인의 공감을 얻는다면.
이런 삼척동자라면 언제든 환영받을 만한 사람일 듯합니다.

사회생활이나 직장 생활에서는 참되게 사고할 수 있는 힘이 필요합니
다. 바로 그것이 삼척동자에서 벗어나는 길인 것 같습니다.
우리 주변에도 너무나 많은 삼척동자가 있습니다. 특히 힘 있는 자, 배
운 자, 돈 있는 자들의 오만과 상식에서 벗어난 생각과 행동들이 갑질

논란을 일으키고 세상을 바르게 보는 힘을 잃게 합니다. 이런 경우의 3척동자는 모두 위험한 세상을 만드는 무시한 힘이나 흉기가 될 수 있습니다.

우리 모두 그런 삼척동자의 위험에서 벗어나기 위해 좀 더 남을 배려하고 나를 좀 더 마주 보고 상식에 기준을 두고 생각하고 행동하는 법을 배워 갔으면 합니다.

나의 양심과 심장에 손을 얹어 보면 알지 않을까요? 그리고 나를 객관적으로 바로 볼 수 있는 객관화를 하면 어떨까요? 내 내면을 바라보고 나를 사랑하면 그런 삼척동자에서 거뜬히 벗어날 수 있을 듯합니다.

친구

나의 잘됨을 함께 기뻐하고
나의 못남과 일그러진 삶도 이해하고
조용히 들어주는
그런 이가 친구입니다.

나의 못됨을 함께 위로하고
나의 실패와 불행스런 일도 이해하고
조용히 응원하는
그런 이가 친구입니다.

그런 친구가 되렵니다.

이 세상에 그런 친구 하나는
세상 전체를 얻는 것.

사람은 변할 수 있습니다

사람들은 아주 쉽게 말합니다.

사람은 변하지 않는다고.

인간은 뜯어서 고쳐 쓸 수 없다고.

그렇기에 늘 우리는 이렇게 말을 끝냅니다.

저 인간 그럴 줄 알았어!

사람들은 변할 수 있습니다.

그리고 변한 사람도 있습니다.

공부에 관심이 없던 학습 부진아가 박사도 교수도 되고

불효막심한 사람이 더할 나위 없는 효자가 되고

사람에게 피해를 주는 사고뭉치가 사람을 아끼고 사랑하는 사람이 되고.

나는 말합니다. 그리고 믿습니다.

사람은 변할 수 있다고 말입니다.

인간, 시간, 공간

사람은 이 3간에 의해 변할 수 있습니다.

나에게 영감을 주는 사람,

나를 변하게 할 수 있는 나의 이상이 되는 사람,

내가 따르고 그렇게 되고 싶은 사람,

그런 사람을 만나는 인연이 있으면 사람은 변할 수 있습니다.

변할 수밖에 없지 않을까요?

시간이 흐르고 흘러 변할 수 있습니다.

10대, 20대, 30대, … 50대를 거치면서

그 시간의 지남 속에서의 경험, 행과 불행, 사람 관계 등

그 시간 속에서 또는 그 시간을 돌이켜 보면서 사람은 변할 수 있습니다.

공간, 공간이 바뀌거나 변하면 사람은 변할 수 있습니다.

공간이 변화한다는 것은 시간과 함께 환경이 변하는 것입니다.

공간이 변하면 사람도 바뀌고, 시간도 바뀌고 그리고 환경도 변합니다.

그 공간에 적응하기 위해서

그 공간에서 살아남기 위해서 사람은 변할 수 있습니다.

맹모삼천지교는 자식의 공부뿐 아니라

사람을 변화시키기 위한 3간의 변화라고 생각합니다.

인간, 시간, 공간에 의해서

우리는 변할 수 있습니다.

그러니

내가 변화하고 싶을 때 인간, 시간, 공간

이 3간의 변화를 시도하고 선택해 보는 것도 좋은 것 같습니다.

혹여나

일이 꼬이거나 안되거나 풀리지 않을 때

낙심하고 희망을 저버리기보다는

이런 변화를 직접 한번 만들어 보는 것은 어떨까요?

운이 좋은 사람

운이 좋은 사람은 그저 운이 좋기만 한 것이 아닙니다. 그 사람 스스로가 운이 좋은 사람이 되는 말과 행동을 계속 해 왔을 것입니다.

나의 운을 좋게 만들고 싶습니다.
나에게 좋은 운이 들어오게 하고 싶습니다.

간단합니다.
칭찬을 해 보세요.
칭찬을 잘하면 좋은 사람도 생기고
칭찬을 잘하면 내가 하는 일들도 잘되고
칭찬을 잘하면 좋은 리더도 되고
칭찬을 잘하면 내가 원하는 만큼의 부도 쌓을 수 있습니다.
칭찬에는 운을 좋게 하는 마법이 숨겨져 있다고 합니다.

칭찬은 진짜 가짜가 필요 없답니다.
인사치레이든 마음에 없든
그냥 칭찬을 하세요.

칭찬을 하다 보면 인사치레가 아닌, 가짜가 아닌
진심이 되고 진심 어린 칭찬이 된답니다.
마음에 없던 것도 진심 어린 마음으로 자리를 잡는답니다.

정말이지!
칭찬은 고래도 춤추게 한다잖아요. 진짜인 것 같습니다.
칭찬은 어떤 사람에게서
가능성과 희망을 끌어낼 수 있습니다.
그런 작은 가능성과 희망의 불씨가
긍정적인 마음을 가지게 하고 용기를 내게 하고
운을 확 트이게 한답니다.

이왕이면 다툼보다는 차라리
겉치레라도 칭찬할 거리를 찾아 만들어
칭찬하세요.
그러면 그 칭찬이 좋은 운을 나에게 가져다줄 거예요.

이왕이면 불운보다는 운이 좋잖아요.
다투고 화내고 싸우기보다는
칭찬으로 불운을 막아 보아요.
이 간단한 진리를 이제라도 실천하면 어떨까요?

저도 요즘 운이 좋은 사람이 되기 위해
해 보고 있답니다.
누군가를 진심과 따뜻한 마음으로
칭찬을 하고 있겠죠!

3부

나는 풍요로운 내일을
준비합니다

오늘은 너에게 말하고 있어!
너가 어제에 집착하기보다는 내일을 새롭게 가꾸기를 말이야
넌 풍요롭고 아름다운 너의 내일을 만들 수 있어!

시간은 돈

시간은 돈이다.
그렇다. 시간이 돈이다.

어떤 사람은 하루 8시간, 하루 10시간, 한 달 꼬박 일을 해서
그 시간만큼 일한 돈을 번다.
사람마다 시간당 돈이 다를 뿐이다.

어떤 사람은 자기 하고 싶은 일을 하고
가만히 있는데 그 시간 이상으로 돈을 번다.
금, 주식, 부동산에 투자만 했을 뿐인데 말이다.
어느 순간 시간이 지나면 큰 돈이 되고
그 돈은 그 사람을 더 부자로 만든다.

돈은 시간과 함께 복리가 된다.
이 단순한 진리를 우리는 간과한다.

복리는 시간이 지나면서
그 효과가 눈덩이처럼 불어난다.
1년, 2년이 아닌 10년, 20년, 30년
그런 기다림과 인내가 필요하다.

인내에는 시간이 필요하기에
그렇게 시간은 돈이 된다.

이런 단순한 진리는 평범한
일반 직장인도 실천할 수 있다.

일단 퇴직금에는 웬만하면
손대지 않아야 한다.

매년 성과와 고과에도
신경을 써야 한다.

그것이 내가 직장을 다니는 동안 가질 수 있는
시간이라는 복리효과를 최대화하기 때문이다.

누가 말한다.

노동만큼 아름다운 것은 없다고!

(그러면서 정작 본인은 노동을 하지 않고 말로 먹고산다!)

왜 힘든 노동이 아름다운가?

내가 하고 싶은 일을 하면서

즐거움을 가진다면 그게 더 아름다운 것이 아닌가?

돈이 있고 부자가 되어

내 시간을 더 아름다운 것으로 만들 수 있을 터인데.

시간은 돈이다.

돈은 나를 자유롭게 하고 내가 하고 싶은 일을 하게 한다.

그 돈이 내 시간을 만들어 준다.

내 시간을 내가 하고 싶은 일에 사용할 동안

그 시간은 또 돈을 만들고 있는 것이다.

시간이 돈이다.

이 단순한 사실을 기억하자.

일에 대한 태도

1년.

신입사원, 회사에 갓 입사하다.

모든 일에 도전하고 열정적이다.

모든 일을 다 잘할 수 있었다.

10년.

과장이 되고, 차장이 되다.

회사 일과 일의 가치를 생각하다.

내 삶과 회사의 관계를 생각하다.

내 삶 속에 일이 있는 것인지?

일 속에 내 삶이 있는 것인지?

많은 것이 고민의 연속이었다.

20년.

임원이 되고, 평범한 직원으로 갈린다.

그냥 회사 일에 익숙하다.

해야 할 일이기에 할 뿐이다.

어떤 동료는 퇴사를 하고

어떤 동료는 임원이 되고

어떤 동료는 또 평범한 직원으로 살기 시작한다.

삶에 대해 다시 고민한다.

30년.

임원의 길과 평범한 직원의 길은 굳어진다.

점점 성장하는 후배 직원과

새로 들어오는 어린 신입사원을 본다.

내 삶과 후배들을 본다.

그들과의 경쟁, 웃기는 얘기이다.

그들에게 내 경험과 내 직장 생활을 얘기해 줄 뿐이다.

내가 아는 방법도 고스란히,

시대가 지나도 진리일 수 있는 것들도

내가 아는 재테크 방법이나 경험도, 투자 얘기도.

그런 것들을 얘기한다.

경쟁이 아닌,

내가 해 줄 수 있는 것을 해 주고

후배들을 아끼고 조력한다.

은퇴.

어른으로서 선배로서 일에 대한 태도.

그것이 회사의 생활을 마감하는 태도이다.

그리고 그것이 또한

나에게는 새로운 시작이다.

내가 그렇게 후배들 중에서 어떤 후배가

또 그 후배들에게

일에 대한 태도를 또 얘기하겠지.

나는 설레고 열정이었다.

그게 회사를 시작할 때 나의 마음이다.

나는 평화롭고 풍요롭다.

그게 회사를 떠날 때 나의 마음이다.

돈과 행복의 관계

돈이 많아도 행복하지 않을 수는 있습니다.
그렇지만 돈이 없으면 행복하기가 쉽지는 않습니다.

우리는 자본주의 시대에 살고 있습니다.
이 시대에,
돈이 없었을 때를 생각하면 아찔할 때가 많습니다.
그때 행복하지 않았다고 생각할 수 있으니 말이죠.

돈은 우리가 삶을 살아가는 데 필요한 것입니다.
돈이 많으면 편해지는 것이죠.
편해지면 시간과 삶에 여유가 생깁니다.
그런 여유가 행복을 만듭니다.

돈이 없으면 많은 해결할 일이 쉽게 풀리지 않습니다.
가족이 아플 때
자식 교육시킬 때
여행을 가고 싶을 때

원하는 것을 하고자 할 때

돈이 행복의 다는 아니지만
행복을 위해서는 돈은 필요한 것입니다.

그렇기에
자본주의, 이 시대에 살면서
돈을 벌고
돈을 좋아하고
돈을 많이 벌려고 노력하는 것은
나쁜 것이 아닙니다.

돈은
오히려 행복의 한 수단으로 활용할 수 있으니 말이죠.

다만,
돈을 사랑하되
정당하고 합법적이고 부지런하게 공부와 투자하는 것으로.

나는 돈을 좋아합니다, 나는 부자도 좋아합니다

돈이 많은 사람을 부자라고 합니다.

돈이 많아서
부자인 사람을 욕할 이유는 없습니다.

돈을 나쁘다 하거나
돈을 악하다고 하면서
돈을 싫어하지 말았으면 합니다.

부자일수록 사회 고위층일수록 가문이 좋을수록
돈을 좋아하고 사랑하지 않을까요?

돈 없는 상류층
돈 없는 유명 가문
돈 없는 부자들을 찾기란 쉽지 않습니다.

영화나 뉴스나, SNS에서 얘기하는
돈 없어도 행복하고 돈 없어도 여유 있게 살고
돈 없어도 건강할 수 있다는 말.
너무 믿지 말았으면 합니다.
그럴 수도 있지만 말입니다.
세상은 다 그렇지 않으니 말입니다.

돈을 사랑하고 돈을 아끼고 좋아하면 좋겠습니다.
그렇다고 돈을 악당이나 악마화하지 말고
돈을 많이 벌어서 더 좋은 곳에 쓰고
나를 위해 가족을 위해 이웃을 위해
쓸 수도 있으니 말입니다.

나는 돈을 좋아합니다
돈을 가지고 하는 것이 많기 때문입니다.
그래서 부자들도 돈을 사랑하는 것 같습니다.
우리 모두 돈을 사랑하면 어떨까요?

언제나 필요한 사람들

세상에서나 회사에서나
늘 남의 뒤에서 일하고
남의 뒤치다꺼리를 해결해 주면서
매사를 세심하게 다루는 사람들이 있습니다.

꼭 필요한 존재이지만 밖으로 드러나지 않습니다.
빛나는 존재임에도 늘 빛나는 존재들 뒤에 있습니다.
하지만 그들이 없으면
만사는 꼬이고 정리가 되지 않기도 합니다.
그리고 여러 가지 골치 아픈 일들이 발생하기도 합니다.

그래서 밖으로나 겉으로나 드러나는 사람이 빛나고
이런저런 사람들이 섞여 살아가는 것인지도 모릅니다.

겉으로 보이는 삶이 다가 아닙니다.
성실한 내면의 행복을 찾을 때인 듯합니다.

그리고
보이지 않게 성실히 일하는 사람들이
사랑받고 인정받고 대우받는 그런 사회가 오기를 바랍니다.

세상의 모든 보이지 않지만
언제나 필요한 사람들의 행복을 바랍니다.

그들이 자랑스럽습니다!

주식 시장에 대한 소고

주식 시장에서는

당장의 수익에 욕심을 내면 돈이 도망을 갑니다.

그러니 돈을 잃지 않고 기다린다는 여유로움이 필요합니다.

주식 시장에서는

새로운 것만 시도하면 성공 확률이 떨어집니다.

그러니 내가 잘 아는 분야, 내가 투자하여 돈 버는 분야를 더 공부해야

합니다.

주식 시장에서는

내가 잘 알고 잘 투자하여 돈을 벌 거라 생각하면 돈을 잃습니다.

모든 분야에서 천재는 없습니다.

그러니 아직 부족하고 바보라는 생각으로 더 배워야 합니다.

SNS에서나 포럼에 나오는 전문가들도 아는 것은 1% 정도밖에 되지 않

는다고 합니다.

주식 시장에서는

감정적으로 감상적으로 상상적으로 가지는 종목에 대한 무작정 희망
은 망하는 길입니다.

그러니 자기만의 원칙과 기본을 가지고 투자해야 합니다.

주식 시장에서는

잘나고 대단한 사람들도 많습니다.

남들과 비교하면 망합니다. 거기다 불행해집니다.

그러니 그 많은 대단한 사람들과 비교 말고 (가짜도 많습니다.)

자기만의 목표를 가져야 합니다.

잃지 않기. 한 달 100만 원이라도 수익 만들기 등등

주식 시장에서는

앞자리가 바뀌는 재미가 있습니다.

그러니 1천이 2천, 1억이 2억. 그런 재미를 가져 봅시다.

왠지 그 재미가 큰 것 같습니다.

고정적 수익을 늘려 가는 것이 승리자입니다. 그것이 복리이니 말입니다.

2백이 2천으로, 2천이 2억으로 무한으로 갈 수 있는 곳 또한 주식 시장
입니다.

주식 시장에서는
술, 담배를 하면서 주식 이야기, 주식 스트레스를 말하기보다는
건강을 지키면서 하면 좋습니다.
건강과 건강 루틴은 주식 시장뿐 아니라 세상, 회사 어디서든 큰 승리
를 주는 요소이니 말입니다.

주식 시장에서는
수익은 당연한 것 같고 손실은 여전히 속 쓰리고 아픈 것 같습니다.
그러니 손실을 내지 않는 것에 더 주의를 하고 수익은 조금이라도 만들
면 바로바로 저축합시다.

주식 시장에서는
불공정하고 눈먼 돈이 무지 많다는 것을 알아야 합니다.
그러기에 돈 욕심이 끝이 없는 곳입니다.
그러니 리딩방, 작전주 같은 것은 관심을 가지지 말고
그들만의 리그로 두어야 합니다. (우리 돈을 먹고사니 말이죠!)

주식 시장에서는
'내가 잃은 돈으로 무엇을 할 수 있었을까?'를 생각하면
돈의 소중함을 다시 알 수 있습니다.

천만 원 손실. 손실 전에 그런 돈이 있었다면 그 돈으로 가족과 나를 위해 무엇인가를 할 수 있었을까요?

그러니 돈만 생각하는 괴물이나 물욕자가 아닌, 돈의 가치를 아는 사람이 되면 좋습니다. 기부도 하고 말이죠.

주식 시장에서는

장기 투자가 답이 아닐 수도 있습니다. 특히 국내 시장은 말이죠.

장기 투자만을 고집하다가는 골로 갈 수도 있습니다.

그러니 자기 스타일을 잘 파악하고 단타, 중장기 투자 등을 적절히 하면서 자기만의 길을 만들어 가야 합니다.

워렌 버핏이 국내 시장에서 투자를 했다면 지금의 부를 만들지 못할 수도 있었을 테니까요.

성공, 사소한 일부터

성공을 위한 것이
거창하거나 대단한 것일 필요는 없습니다.

성공을 위한 첫걸음은
사소한 일부터 시작될 수 있는 것은 아닐까?

아침에 일어나 내 잠자리를
내가 정리 정돈하는 것.

아침에 일어나
깨끗한 물 한 잔 마시는 것.

그것이 하루에 있을 나의 일들에 대한
성공의 첫 시작일 수 있습니다.

기분 좋은 하루를 시작하고
작지만 내가 직접 할 일을 했다는 작은 성취감

그것이 나의 자존감을 높이고 나를 뿌듯하게 하기도 합니다.

그런 것이 계속된다면
성공의 길에 이미 들어선 것이 아닐까요?

성공을 위한 시작이 거창하고 대단한 것이어야 한다는
그런 생각은 안 해도 좋겠습니다….
내가 지금 하고 있는 사소한 것들이 성공의 시작일 수도 있으니까요.

사소하지만 할 수 있는 그런 것을 하는
그 시작이 중요할 뿐입니다. 그 시작이 성공입니다.

많은 성공한 사람들도
아침에 자기 잠자리를 잘 정리했다고 하니 말입니다.

성공은 사소한 일부터도 가능합니다.
성공에 대한 그런 생각과 그 시작이 더욱 중요합니다.

경제적 자유, 부자 되기

누구나 경제적 자유를 원하고
부자 되기를 원합니다.

부자 되기,
어떻게 보면 간단한 것입니다.

돈을 벌고, 모으고, 불리면 됩니다.
잘 벌고, 잘 모으고, 잘 불리면 됩니다.

그렇지만
우리들은 이 순서를 쉽게 여기고 무시합니다.

벌지 않으면 모을 수 없고
모으지 않으면 불릴 기회가 없습니다.

먼저 일을 통해서 잘 벌어야 합니다.
잘 버는 편이 아니라면,

우선 잘 벌 수 있는 것들을 찾아야 합니다.

지금 하는 일을 하되

추가적으로 발굴하면 더 좋을 수도 있습니다.

그다음은 잘 모아야 합니다.

번 돈의 50%, 60%, 80% 이렇게 모아야 합니다.

당장 쓸 돈 외에

미래에 지출할 것들을 당겨서 사용할 필요는 없을 듯합니다.

부자 되기,

가장 중요한 것은 벌고 모으기입니다.

더 좋은 것은 잘 벌고 잘 모으는 것입니다.

그다음으로 불려야 합니다.

부동산 투자도 하고 주식 투자도 하고

새로운 다양한 투자처를 찾아보고 공부해야 합니다.

세상의 부자들을 보면

벌고 모으지 않고 불린 사람이 없습니다.

벌고 모으지 않고 부자가 된 사람은 없습니다.

그렇습니다.

잘 벌고 잘 모은 다음 잘 불리기.

부자는 벌고 모으고 불리기를 잘하는 것입니다.

버는 것부터 무조건 시작해야 합니다.

진짜 번아웃은

우리 대부분은 직장을 다니거나 사회생활을 합니다.

직장인이라면 건강과 회사 생활을 위해서
우리의 몸과 마음을 늘 들여다보아야 합니다.
우리의 몸과 마음에 여유와 힐링을 주기 위해서라도 말입니다.

번아웃에는 다양한 이유와 원인이 있을 수 있습니다.
과도한 업무로 인한 일의 스트레스
능력에 비해 일할 시간이 부족함에서 오는 걱정, 압박
동료, 상사와의 관계와 불신
일이 자신에게 맞지 않거나 불공정, 불공평에 대한 노출 등
많은 이유와 원인이 있을 수 있습니다.

그렇지만 진짜 번아웃은
자신에게 맞지 않는 일을 하고 있고
계속해서 생기는 것 같습니다.

그렇기에 자신의 몸과 마음에 여유를 주기 위해서는

자신에게 맞는 일인지? 맞지 않는 일인지? 주의를 기울여 살피고

맞지 않는다면 할 수 있는지? 해 나갈 수 있는지? 다시 들여다보고

과감히 그것을 버릴 수 있어야 하고 그런 준비를 해야 합니다.

자신에게 맞지 않는 일을 하고 있으면

남들이 1시간에 할 일을 10시간에도 못하는 경우가 생기고

그렇다 보면 업무가 과도하게 느껴지고

동료와 상사와의 신뢰가 쌓이기 힘들며

자신의 발전과 역량 확대에 많은 영향을 줄 수 있습니다.

진짜 번아웃은

자신에게 맞지 않는 일을 할 때 생긴다는 것도

중요하게 한 번 자신을 돌이켜 볼 때 보아야 할 듯합니다.

새로움과 익숙함에 대하여

가끔 새로운 도전을 해야 할 때가 있다.
그때 우리의 발목을 잡는 것은
익숙함이다.

새로운 것에 대한 두려움
새로운 시도에 대한 걱정
새로운 도전에 대한 용기
기존의 틀을 깨는 시간
편한 공간과 현재의 자리를 떠나려는 시간

익숙함은 편함이고 안락함이다.
모를 친숙함과 모를 안도감.
그렇지만 익숙함에 매몰되면
우리는 새로운 시작과 도전이 어려워진다.

이직, 여행, 부자, 이별
이 모든 것은 익숙함과 헤어지는 것이다.

새로움은 익숙함을 완전히 떠날 때만
새로운 것이 된다.

익숙함은 익숙함대로
새로움은 새롭게. 익숙함으로부터 떠나자.

어제, 오늘 그리고 내일

어제는 지나간 과거입니다.
오늘은 지금 현재입니다.
내일은 알 수 없는 미래입니다.

어제는 지나간 것이니 돌이켜 후회하지 맙시다.
이미 나를 지나가 버렸으니 말입니다.

오늘은 현재 나를 보게 하니 소중하게 만듭시다.
지금 인생은 오늘 나에게 있으니 말입니다.

내일은 알 수 없으니 미리 걱정하지 맙시다.
미래는 현재의 나에게 달려 있으니 말입니다.

오늘 내가 있는 것이
내일 미래를 만드는 것입니다.

오늘과 내일이
내가 만들 수 있는 유일한 시간이자
내가 존재하는 공간인 듯합니다.

우리 지금, 현재를 맘껏 즐기고
그 즐거움을 미래에는 행복이 될 수 있게 해 보는 것은 어떨까요?
오늘은 우리가 어제에 집착하기보다,
내일을 새롭게 가꾸기를 바랍니다.

과거는 후회해도 소용없는 것

과거는 후회해도 소용없는 것을 알면서도
이미 지나간 것임에도 매달리고 집착을 합니다.

매달리고 집착을 한다는 것은
아직도 현재를 잘 살지 못한다는 것입니다.

현재를 잘 살지 못한다는 것은
지금 행복하지 않다는 의미입니다.

나도 가끔 말합니다.
과거는 그냥 반성을 위해서 말하는 것일 뿐,
과거의 실수나 잘못을 인정하지 않아서가 아니라고.
그렇지만,
한 꺼풀 내 마음을 더 들여다보면
아직 자기반성을 못하니 억울해하고 후회하는 것 같습니다.

내 자신의 행동이나 실수를
내 스스로가 용납을 하지 못해서가 아닐까요?
나를 바라보고 내 마음을 놓아야 합니다.
왜냐하면 이미 지나간 버린 시간이고
다시 되돌릴 수 없기 때문입니다.

누군가 말했습니다.
사랑하는 사람이 헤어지는 것은
접시가 반으로 깨지는 것과 같다고 말입니다.
이미 깨진 접시는 초강력 순간접착제로 붙이다 한들
그 원래의 모습일 수 없다고 말입니다.
과거도 그렇습니다.
이미 지나간 것이기에 아무리 수정하여도
원래와 똑같이 되지 않습니다.

과거는 지나간 것이다. 지금의 나가 중요하다.
지금의 행복이 더 중요하다 하면서
나를 격려하면 좋을 것 같습니다.

후회는 자기 잘난 맛을 아직 잊지 못해서 하는 것이라고 합니다.
다시는 어리석은 말과 행동을 하지 않아야 한다는 생각이
후회보다는 훨씬 좋은 새로운 다짐일 듯합니다.

과거에 집착하고 매달리지 말고
나도 실수할 수 있고 못할 수도 있고 그럴 수 있기에
후회 없이 현재를 더 잘 만들어 가고자 합니다.

돈으로 살 수 없는 것들

곰곰이 생각해 보면
돈으로 살 수 없는 것들이 많습니다.
나의 품위, 품격, 우아함 그리고 고고함
오히려
돈보다 더 소중하고 아름다운 것들이 아닐까?

난 가끔씩은
나에게 해를 입힌 사람이나
나를 욕하는 사람들을 미워하거나 욕을 합니다.
음….

그런 사람들도 자기 자신이 살려고
그리고 살아남기 위해서
발버둥 치는 것일 텐데 말입니다.

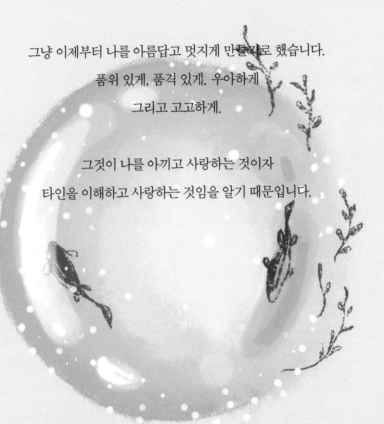

그냥 이제부터 나를 아름답고 멋지게 만들기로 했습니다.

품위 있게, 품격 있게. 우아하게

그리고 고고하게.

그것이 나를 아끼고 사랑하는 것이자

타인을 이해하고 사랑하는 것임을 알기 때문입니다.

영화 〈리바운드〉를 보고 희망을 꿈꾸다

아주 오랜만에 웰메이드 영화를 보다. 바로 〈리바운드(Rebound)〉이다. 리바운드는 2012년 부산 중앙고교 농구부의 실화를 바탕으로 그 감동을 풀어 나간 리얼 스포츠 영화이다. 기대하지 않았던 영화인데 이렇게 재미와 감동을 나에게 주다니, 기분 좋은 하루이다.

이 영화는 넷플릭스에서 인기를 끈 〈수리남〉의 권성휘 작가, 〈킹덤〉의 작가이자 각본가인 김은희 작가, 그리고 다재다능한 이야기꾼이자 영화감독인 장항준 감독이 의기투합하여 만든 영화이다. 김은희 작가와 장항준 감독은 부부이기도 하다. 부부가 함께 작업해서 그런지 영화 스토리가 잔잔하면서도 힘이 있는 듯한 느낌이다.

〈리바운드〉는 농구를 모르는 사람도 농구 자체와 농구하는 사람들 그리고 그와 관계된 사람들의 이야기를 함께 보면서 즐길 수 있는 적당한 유머와 적당한 감동과 적당한 휴머니즘이 있는 영화이다. 바로 스토리가 있는 영화인 듯하다. 그렇지만 농구라는 스포츠 영화에 충실하게 농구의 다이나믹함과 주인공들의 생동감 넘치는 장면들을 과하지 않게 화면에 잘 담은 느낌이다. 개인적으로는 깔끔하고 담백한 과하지 않은 이야기가 있는 영화라고 생각한다.

개인적으로는 〈리바운드〉라는 영화 제목이 시사하는 바가 크다고 생각한다. 리바운드란? 농구에서 슈팅한 공이 골인되지 아니하고 림이나 백보드에 맞고 튀어나오는 것 잡아내는 기술을 말한다. 즉 실패를 성공으로 바꿀 수 있는 기술을 의미한다고 볼 수 있다. 즉 실수와 실패를 만회하려 다시 한번 기회를 얻을 수 있는 상황과 그런 것들을 만드는 것을 말하는 듯하다.

우리의 작장에서든 재테크에서든 우리가 인생에서든 우리가 살아가는 삶 속에서는 언제든지 생길 수 있고 만들 수 있는 것이 리바운드인 듯하다. 영화 속의 농구 코치이든 어린 선수들이든 모두가 한번의 실수나 실패에 굴하지 않고 다시 일어서는 모습은 언제나 감동이다. 그렇지만 그 다시 일어서는 모습에는 자기 자신과 마주 보는 용기와 자기 스스로를 반성하는 진실함이 담겨 있다. 이것이야말로 진정한 자기를 아는 것이라 생각한다.

영화를 보고 난 후 많은 생각해 볼 대사들이 있었지만, 2가지 정도가 떠오른다. "오늘을 즐기자. 후회 없이 미련 없이." "농구는 끝나도, 인생은 끝나지 않는다." 누구나 자주 어디에선가 들었던 얘기들인데 새삼 마음에 계속 여운으로 남다.

오늘을 즐기자는 것은 욜로족을 뜻하는 것이 아니다. 내가 좋아하고 내가 잘하는 일. 그것을 오늘 최선을 다해서 즐기자는 것이다. 개인적으로는 그게 성공의 비결인 듯하다.

성공하거나 최정상에 선 스포츠 선수들의 인터뷰를 보면 대부분이 "지금 하는 일을 해야 해서 하는 것이다. 그래서 매일 그것을 한다."라고 한다. 그것이 그들에게는 즐기는 것이 아니었을까? 최선을 다해서 그 하루를.

그리고 또 중요한 것이 있다. 지금 내가 하고 있는 것이 실패했다고 그것이 내 인생이 실패한 것은 아니라는 것이다. 직장에서 성공 못했다면 다른 사업이나 다른 투자에서 성공할 수도 있고, 농구에서 실패했다고 해도 다른 곳에서 성공할 수도 있고, 중요한 시험에 떨어졌다고 해도 다른 기회를 찾을 수도 있다는 것이 중요하다.

지금 내가 뭔가 하고 있는 것이 실패하고 망칠 수도 있다. 하지만 지금 그 실패가 우리의 모든 삶과 인생의 실패가 아니라는 점이다. 중요한 것은 그 실패를 새로운 기회로 만드는 생각과 노력, 그리고 잃지 않는 용기인 듯하다. 그런 의미에서 우리에게는 늘 새로운 삶의 기회와 실수나 실패를 만회할 시간이 있는 것 같다. 그 시간이 늦어지면 어떠한가? 그래도 내 삶이 끝나기 전까지만 성공한다면 개인에게도 큰 만족이자 행복일 듯하다.

인생 별것 없다

인생 별것 없다.

자업자득이다! 자신을 보며 살자.

인생 별것 없다.

짧다! 하고 싶은 것 하며 살자.

인생 별것 없다.

지금 삶이다. 행복을 만들고 즐기자.

인생 별것 없다.

죽음은 모두에게 평등하다.

나의 운을 좋게 하다

아침에 일어나
나의 잠자리를 정리하기 시작했습니다.

아침에 일어나
나의 책상을 정리하기 시작했습니다.

내 방뿐 아니라 거실도 청소하고
욕실도 청소하고
그러다 보니
내 집 앞 아파트 복도도 청소하게 되었습니다.

그러다 보니
아파트 앞, 뒤, 안에 떨어진 휴지도 줍고
많은 쓰레기가 보이면 관리인에게 얘기도 하게 되었습니다.

잠자리를 정리하던 그 작은 기분이 상쾌함이었다면
이제는 왠지 모를 뿌듯함도 생깁니다.

이제는 나뿐만 아니라 여러 사람들이 청소 얘기를 합니다.
친환경 얘기, 재활용 얘기 등
함께 우리 주변 환경을 깨끗이. 지구를 깨끗이 해야 한다는 얘기도 합
니다.

청소, 이 작은 것이
이런 또 다른 세상의 큰일을 만드는 것 같습니다.

왠지 이 작은 깨끗함으로 운도 좋아질 것 같습니다.
운이 별건가요?
이런 작은 청소부터 휴지 줍기로
내 마음이 상쾌해지고 즐거움이 생기면
그것이 좋은 운이 아닐까요?

청소, 그 작은 시작으로
나의 운이 좋아질 수 있답니다.

이제 나이가 드는 덕분에

이제 나이가 들기 때문에보다는
이제 나이가 드는 덕분에가 좋다.

이제 나이가 드는 덕분에
보지 못한 것들도 보고
하지 못한 것들(안 한 것들)도 할 수 있는 것 같다.

지난 시간을 후회할 것인가?
지금 나의 나이 듦을 후회할 것인가?
아니면
지금부터 남은 시간들을 생각할 것인가?

나는 지금부터 남은 시간들을 생각할 것이다.
더 소중한 것들을 더 아름다운 것들을
더 멋진 것들 찾을 수 있고 할 수 있기에 말이다.

늘 우리에겐 우리의 시간에 할 일들이 있었다.

다만 그 할 일들을 못하거나 잊거나 방치했을 수도 있을 것이다.
못한 이유, 못한 변명보다는
이제라도 할 수 있으면 하자.

나이가 들어서, 시간이 없어서보다는
이제는 더 나이가 드는 덕분에
이제는 더 시간을 만들 수 있는 덕분에
그 덕분에 할 수 있고 행복하게 살 수 있는 것들이 많다.

늘 시간은 있기에 그 시간이 무한한 것으로
우리는 가끔 착각한다.

시간은 한정되어 있고 우리는 그 시간을 사용하고
소진하고 있는 셈이다.

그러니 나이가 든다고 시간이 간다고
후회하거나 두려워하거나 체념하기보다는
그 나이가 드는 덕분에
오히려 시작하고 도전하고 해 보고 할 것들도 많다.
몸과 마음을 움직이자.

나이가 드는 덕분에
오히려 안 해 본 것들, 새로운 것들, 즐거운 것들,
행복한 것들을 더 잘 찾을 수 있으니 말이다!

누군가 말했다.
행복은 현재 어려움이 없고, 내가 만족하면 그것이 행복이라고.
나이 듦이 나에게는 곧 행복이다.

평범하지만, 그래도
나는 나를 사랑합니다

ⓒ 윤용기, 2024

초판 1쇄 발행 2024년 3월 24일

지은이   윤용기
그린이   이선영
펴낸이   이기봉
편집   좋은땅 편집팀
펴낸곳   도서출판 좋은땅
주소   서울특별시 마포구 양화로12길 26 지월드빌딩 (서교동 395-7)
전화   02)374-8616~7
팩스   02)374-8614
이메일   gworldbook@naver.com
홈페이지   www.g-world.co.kr

ISBN   979-11-388-2786-7 (03810)